Eva Strittmatter Atem

Eva Strittmatter

Atem

Gedichte

Aufbau-Verlag

2. Auflage 1989

Einbandgestaltung Heinz Hellmis
Typographie Kristina Niklaus
Offizin Andersen Nexö, Graphischer Großbetrieb, Leipzig III/18/38
Printed in the German Democratic Republic
Lizenznummer 301. 120/72/89
Bestellnummer 613 480 5
00660

ISBN 3-351-00355-2

Prilep

Die Dunkelstunden mehren sich,
In denen ich nach Bildern grabe,
Die ich in mir versammlet habe
Und lösen sich und lösen mich,

Wenn ich sie zögernd wie beschwöre:
Ein Feigenbaum am Bergeshang,
Nah dem es makedonisch sang.
Und Sommer ist es, was ich höre

In Winternacht und Finsternis …
War es denn erst vor einem Jahr,
Daß ich so tief im Süden war,
Und ist mir schon ganz ungewiß,

Daß ich jemals gewesen bin
Im Land der Türkentabaksblüte,
Die kraus und fleischig Scharlach glühte
Und zog sich horizontweit hin.

Da war ich frei in meiner Haut
Und war nur von Gesang besessen
Und wollte mich mit Dichtern messen,
Die nahe dem Olymp gebaut …

Nun ist mein Leben wieder eng,
Unfrei von Liebe und von Sorgen.
Immer ist Nacht und selten Morgen,
Und auch die Abende sind streng,

Bis auf die lichten Dunkelstunden,
In denen ich nach Bildern grabe.
Es war in Prilep … Und dort habe
Den Feigenbaum am Hang gefunden …

Ruf

Ach dunkler Vogel wilde Taube
(Gebrüll aus Lust des Taubers Ruf
Der mir so oft schon Sommer schuf
Und ein Gefühl von grünem Laube
Wenn eben erst der Winter wich
Und scheu das erste Grün erblaute
Und Sonne mir die Seele strich:
Lichtfinger auf der stummen Laute
Die stumm den ganzen Winter war ...)
Mit deinem Ruf erglänzt das Jahr
Und es beginnt die Zeit der Zeiten ...
Nun will ich nicht mehr widerstreiten
Und hoffen hoffen wie ein Narr
Daß Liebe wieder möglich ist
Und auch mein Leben sich erneut.
Ach dunkler Vogel der du bist!
Ruf ruf daß mich die Lust nicht reut.

Atem

Wieder noch einmal ist Juni geworden.
Wieder noch einmal solch eine Nacht.
Halbhelle Nacht im halbhohen Norden.
Wieder noch einmal zur Liebe erwacht.

Wieder noch einmal das sichere Wissen:
Es gibt keine höhere Weisheit als Glück.
In einem Atem zur Lust hingerissen.
Das Leben bäumt auf. Der Tod fällt zurück.

Gesegneter Juni mit seinen Jasminen,
Holundern, Rosen und all ihrem Duft.
Wie winterlich alt wir uns eben noch schienen.
Und nun diese Juninacht! Lenzjunge Luft.

Sanft

Meine sanfte Wiese, von Enten wild überflogen,
Von Disteln umwuchert, von Nesseln besetzt,
Mäandrisch vom sandigen Bächlein durchzogen,
Das sommers sanfte Gesichter netzt
Dem Ehrenpreis, der am Wasser siedelt,
Blau blau, Vergißmeinnichte so blau!
Auf andere Art: wie die Heuschrecke fiedelt.
Auf andere Art: wie die Beeren aus Tau,
Die flüchtigen Küglein, dem Gras angehangen,
Sie spiegeln das liebliche Morgenlicht,
Einen Atem lang, eh sie zu beben anfangen
Und sanft vergehn am eignen Gewicht.

November. Entdeckung des Dichters Wallace Stevens

Was will ich jetzt noch? Leicht atmen.
Frei sein. Allein durch den Nebel gehn.
Und Worte eines Dichters bewegen,
Die in mir auferstehn
Berstend als freudige Flamme.
Knisternde Worte im Dauerbrand,
Vorzeiten im Fernen gefunden
Und heut von mir erkannt ...
Die sprechende Seele der Dinge:
Eine Hemlocktanne, ein Pfauenschrei,
Die singende Vogelschwinge ...
Der Grauganszug zischt vorbei
Über mir im Nebel die Vögel
Eine Wirklichkeit wie das wirkliche Wort.
Die Kiefer, benachbart der Birke,
Bestreut mit Goldlaub. Der Dichtung beständiger
Ort
Ist, wo ich geh. Ich trage
In mir die Orte der Welt:
Die Nebelränder der Tage
Von leuchtenden Worten erhellt.

Dankbarkeit

Allmählich lern ich doch Dankbarkeit:
Ein Sonnentag, entgegen der Zeit.

Mitte November septemberlich,
Nachdem uns seit Wochen Nebel umschlich.

Welch festlicher Morgen, von Rauhreif
verschönt!
Das Schilf am Bachrand knistert und tönt,

Wie die Starre sich löst mit gläsernem Laut ...
So hoch ist der Himmel von Tiefe erblaut,

Daß das Auge den Raum sucht, bis Sonne es sengt
Und schmerzhaft den Blick zur Erde verengt.

Da fängt er den Buntspecht im flammenden Flug,
Der eben die Nachricht vom Licht übertrug.

Er schlug Reveille am hohlen Geäst.
Zerblitzten Baumes bleichender Rest,

Des Rippe über den Kiefernwald starrt.
Dem Specht wird Antwort schnell, hell und hart.

Licht, Licht! klingts über das Sonnental hin.
Und auch die Amsel erhellt ihren Sinn

Und singt für einmal entgegen der Zeit ...
Und ich erhörs mit Dankbarkeit.

Hoffnung

Vollkommen asiatisch der Nebelsee,
Der unter dem Dunst seine Insel spiegelt.
Ein Wölklein Atem wölkt auf, wo ich steh
Und seh, wie die Sonne den Abend siegelt:
Am Jenseitsufer der Kiefernwald,
Zwischen zwei Stämmen ist ihr Glutstück zu
  sehn.
November noch frostlos nun dunkelt es bald.
Und nieder werden die Graugänse gehn.
Im ernsten Gespräch falln sie allabend ein.
Nur eine, die krank ist, fängt gell an zu
  schrein.
Sie kann nicht fliegen und haust auf dem See.
Wie bald werden liegen Rauhreif und Schnee
Auf den grauen Federn, dem rötlichen Schuh …
Doch vielleicht bleibt es mild, und der See
  friert nicht zu,
Und sie bleibt am Leben und wartet die Zeit,
Bis der Zug ihrer Brüder von Süden her schreit,
Und kann sich erheben und folgt ihnen nach …
Es war die Hoffnung, die gell aus ihr sprach.

Lied stimmlos

Ich rufe den Vogel. Er folgt mir nicht mehr.
Der Vogel des Liedes fliegt nicht zu mir her.

Bin alt geworden. Das schreckt ihn so sehr.
Und ich lauf dem Vogel verzückt hinterher.

Als wär ich noch jung. Da war es nicht schwer.
Eine Rose. Ein Stern. Und schon flog er her

Und sang mir von Düften ein silbernes Meer.
Die Nachtigall war es. Und ich ging einher

In Liebe gewandet. Jetzt lieb ich nicht mehr.
Der Vogel der Liebe fliegt nicht zu mir her.

Südlich nächtlich

Der Nachtgeruch von Buchsbaum,
Der sengende südliche Duft,
Verflüchtigt sich in der Frühe,
Ebbt nur noch nach in der Luft,
Die sich erwärmt. Der schwüle
Wie Weihrauch schwelende Duft
Wird deutlich nur in der Kühle
Vom Nachtwind gefegter Luft.
So kennen ihn nur, die sich lieben.
Die durch die Nacht hingehn.
Vom Buchsduft zur Liebe getrieben.
Und wissen nicht, wie es geschehn.

Der Adler

Da aber, als wir Kasbegi verließen –
Wir stießen nach Tbilissi hin ab –
Sah ich den Adler den Gipfel umfließen …
Daß ich den Adler gesehen hab
In diesem Leben, war Überfluß …
Der Adler floß wirklich, war reine Bewegung,
Schien zweckfrei zu fliegen, ohne Erregung
Durch andere Lust als Lust nur am Licht …
Ich sah ihn gleiten, sich neigen und steigen,
Wie mir die wirbelnde Fahrt das Gesicht
Wandte zurück, ihn noch einmal zu zeigen …
Noch einmal noch einmal und wiederum
  Kehre …
Der Blick nun begrenzt von getürmtem Gestein.
Der Himmel vor uns nun voll wolkiger Schwere.
Es ist Oktober und fängt an zu schnein.
Schneit auf die Büsche, die herbstlich rot
  brennen.
Frost hat die Blätter purpurn gebrannt.
Ich konnte den brennenden Strauch nicht
  erkennen.
Aber den Adler hab ich erkannt.

Novemberbild mit Tieren

Die Katze schleicht durch Buchenlaub.
Der Hund springt über Buchenlaub.
November ist. Das Laub ist rot.
Und Abend ist. Ist Abendrot.
Und beides Rot ist winterrot.
Die Hirten holn die Rinder ein.
Die Hunde kläffen Stein und Bein.
Gräßlich beginnt ein Reiher schrein,
Der schlief schon in der Kiefer ein.
Nun fliegt er auf ins Abendrot.
Taumelnder Flug. Wie in den Tod.
Der Tod trifft hallend in ein Reh.
Von Osten her droht schon ein Schnee.
Die Katze streunt durch Kiefernspreu.
Der Hund springt über Kiefernstreu.
Der alte Mond erscheint als neu.
Am Süderhimmel tritt er vor
Urplötzlich als ein goldnes Ohr
Aus violettem Wolkendust.
Und schwindet jäh. Wie nie gewußt
Und nie gesehn. Ein Entenkeil
Sirrt unterm Nichtmond hin. Als Pfeil
Östlich weist er zum Schwarzen See.
In seinem Richtschrei auch hängt Schnee.
Die Katze schleicht durch schwarzes Gras.
Der Hund springt über schwarzes Gras.
Das schwarze Gras ist kalt und naß.
Die letzte Rose leuchtet blaß

Im letzten Licht der Dämmerung.
Uraltes Porzellan mit Sprung,
Auf dem die Bildwelt längst verblich:
Ein Hund sprang. Eine Katze schlich.

Wintermond

Wenn ich zu keinem Liebsten geh,
So geht der Mond doch immer auf.
Von Ost nach Westen geht sein Lauf,
Wo ich ihn morgens schwinden seh.

Riesig geht er und dunkelrot,
Ein Kupfergong, des abends auf.
Früh bleicht sein kleiner Silberknauf,
Wenn östlich schon der Himmel loht

Vom angefachten Morgenlicht,
Das überm See im Schneedunst schwebt.
Mir ist, als hätt ich nie gelebt.
Oder erinnere mich nicht.

Zwetajewa und Puschkin

Zwetajewa sagte: Fragen
Gehören nicht ins Gedicht.
Und fragte selber: Liebster,
Vermißt du mich denn nicht?
Wie lebt sichs mit einer wie üblich,
Die anders ist als ich?
Schlechter? Gehts dir wie mir, mein Liebster?
Bist unglücklich wie ich?
Ihrem Abgott aber, Puschkin,
Hat sie das Fragen verargt.
Der hatte nie in Gedichten
Mit Klagen und Fragen gekargt.
Er fragte sich und andre
Und *Gott*, wenn ihm so war.
Zarejewna Marina, drin ähnlich wie ihr Zar,
Zar Alexander der Dichter,
Des Unglücks Lieblingskind,
War nicht geboren zum Richter:
Auf beiden Augen blind …
Nur ihr wildes Herz wußte Wahrheit:
In geheimer Glut lebt sichs *weh*.
Aus Wortwirrsal tränende Klarheit.
Eisträne auf blutigem Schnee.

Nisami!

Man hat mir eine Sklavenseele eingebaut
Von Kindheit an: des Weibes Seele.
Die gibt in mir noch immer Laut
Und flüstert mir, was ich verfehle,
An Pflichterfüllung schuldig bleibe.
Kein Alibi gilt, daß ich schreibe.
»Aber das Haus ist nicht gefegt!«
Und wenn ein Dichter mich bewegt
Und ich ihm folge selbstvergessen,
Schreckt mein Gewissen mich: kein Essen
Gekocht! Ich überstürze
Mich in die Küche und erfinde,
Vermittels flammender Gewürze,
Speisen, an denen selbst der Blinde
Erkennt, daß er im Orient ist.
So gehts, wenn man Nisami liest
Und auf Basaren persisch handelt …
Hat man sich dann zurückverwandelt
Ins angestammte Weibsgeschlecht
(In einer Rolle Koch, Magd, Knecht)
Reuig, als ein geheimer Sünder,
Verbrühn als Folge sich die Münder
Mann, Söhne und die Küchengäste,
Und das Gewissen hat *Maläste*,
Weil es das nicht entwirren kann:
Bei Leibe Weib, im Geiste Mann,
Der gehn will, ohne Rechenschaft
Von seinen Handlungen zu geben.
(Ich sammle grade alle Kraft,
Die Sklavin in mir totzuleben.)

Märzlich

Je mehr ich schon sagte, desto weniger bleibt
mir zu sagen.
Die Menge des Sagbaren ist *doch* begrenzt.
Oder nur so etwas noch: daß in den ersten
Märztagen
Der Vorflutgraben erglänzt,
Der die Wiese durchsichelt im Lichte.
Die hohen Böschungen gilben noch gries.
Doch moosgrün am Grunde das dichte,
Das immergrünende Vlies
Der Wasserkräutlein. Lichtläuse,
Stäuben dran Mücklein hin.
Lichtblau ein Schneckengehäuse
Liegt leer, erfüllt mit Sinn
Als Trinkhorn des märzlichen Lichtes,
Als Kehle dem märzlichen Wind.
Mit dem der Sinn des Gedichtes
Endet und beginnt –

Morgenruf

Und wenn nun der Argwohn der anderen stimmt
Und ich mich irre: alles ist nichts,
Was ich sage? Funke, der glimmt …
Und jene wüste Woge Lichts,
Die mich durchschlägt, scheint nicht ins Wort?
Heb, böser Zweifel, dich hinfort,
Und niste bei mir, guter Glaube!
Daß ich den Morgenruf der Taube,
Den Regenmorgen weitersage.
Es sind die grünen Junitage,
Die Tage des gewaschnen Lichts.
Das will ich sagen. Ist es nichts

Freudig

Nur Mißgeschicke und Widrigkeiten.
Krepieren möchte ich manchmal schon.
Vor allem: ich höre nicht mehr den Ton
Aus jenen reinen Jugendzeiten.

Heut hab ich auf meinen Garten gesehn
Den menschenleeren sommerlich.
Holunder. Den eine Amsel durchstrich,
Sich ein paar Beeren beizudrehn.

So wird der Garten später sein.
So weltenfern und ohne mich.
Ich sagte freudig: Sonne, schein!
Aber das war schon nicht mehr ich.

Jenseits

Requisiten des Glücks: vollkommnes Vertraun
In die Güte des Menschen, mit dem du lebst.
Deine Kinder, wie sie vertrauensvoll schaun,
Wenn du sie ihrem Schlafe enthebst:
Die wehrlosen Haare, die arglosen Augen,
Ehe die Furcht des Geschlechts sie betrübt
Und sie die fremde Empfindung ansaugen
(Und sind noch nicht im Unglück geübt ...)
Requisiten des Glückes, die abgespielten,
Aus dem nie mehr zu erweckenden Stück,
Das wir für unsere Wahrheit hielten,
Als wir noch glaubten, Leben ist Glück ...
Jetzt heißt es, ohne Hilfen auskommen.
Auf der leeren Bühne, im grellen Licht.
Und auch das Rollenbuch fortgenommen!
Jetzt zählt das Wort, das man selber spricht
Mit welkenden Lippen, unschönen Zähnen –
Denn Alter ist häßlich. Wer sagt, es sei schön,
Lügt sich zurecht. Weder Lächeln noch Tränen
Können das Antlitz des Alters erhöhn
Zur Schönheit der Jugend. Die sanften Wangen,
Von jungem Gewebe straff unterspannt,
Verheißen Glück und erwecken Verlangen.
Und ist die Mechanik auch allzu bekannt,
Es ist eben Jugend, es ist eben Blüte,
Und unsere Jugend ist eben vorbei ...
Requisiten des Glücks. Selbst jenseits von Güte,
Sag ich: Leben ist Leben, wie immer es sei ...

Schwäche

Was ich mir wünsche, das kann gar nicht gehn.
Ich wünsche mir nämlich, die Zeit bleibt stehn.
Nicht darum will ich die Zeit anhalten,
Um nicht zu altern und zu veralten.
Ich will meinen jüngsten Sohn nicht hergeben,
Und weiß dabei doch, daß mir das Leben
Auch diesen lieben Jungen nimmt...
Ein Mädchen ist schon für ihn bestimmt
Und wird ihn mählich von mir entfernen ...
Ich muß auch diesen Verzicht erlernen ...
Umarm ich ihn heut und berühre sein Haar,
So fühl ich schon jetzt, als ob es einst war.
Ich fühle die Angst: das wird bald vergehn.
Und darum wünsch ich, die Zeit bleibt stehn.
Trotz aller Vernunft und kritischem Geist,
Der sich im Wortsinn männlich erweist
Und den ich geschärft hab in schwierigen
  Jahren:
Bin schwach, wie Mütter es immer schon waren.
Mein Sohn mein Sohn mein sehr lieber Sohn ...
Nur keine Angst. Ich lasse ihn schon.

Pieštany

Nachts, wenn die Slowaken singen
In dem Zufluchtsort der Lahmen,
Die aus aller Welt herkamen,
Um das Leiden zu bezwingen,

Nachts, wenn die Slowaken singen
Und mit Stampfen und mit Tanzen
Die Standarte Lust aufpflanzen
Und dem Weingott Opfer bringen,

Nachts, wenn die Slowaken singen
Und wir anderen nicht schlafen,
(Selbst das Abzählen von Schafen
Kann den Schlaf nicht näher bringen),

Nachts, wenn die Slowaken singen,
Muß man sich darein ergeben
Und sich freun an ihrem Leben
Und nicht laut auf Ruhe dringen,

Nachts, wenn die Slowaken singen
Und die Erdachse verschieben,
Wie sie tanzen, muß man lieben.
Nachts, wenn die Slowaken singen.

Atem grün

Die Wege hab ich mit Spuren bestickt.
Die Landschaft mit Gedichten durchstichelt.
Auf alles hab ich mit Augen geblickt.
Wie die Mäherin Gras hab ich Worte gesichelt.
Im Tau der Frühe sanken sie hin,
Noch eben beim Leben, schon Duft von
  Vergehen.
Der Gräser Vergängnis, der Worte Beginn,
So immer wieder wird auferstehen
Das Grün der Gräser, das Kieferngrün,
Das Grün der Erlen, das Grün der Tannen.
Doch nur durch Glücksrausch, niemals Bemühn,
Geschiehts, den Duft in Worte zu bannen,
Der welkendem Gras in Schwaden entsteigt.
Der grüne Atem aus brünstigem Leben,
Vom Mittagsschrillen der Grillen durchgeigt,
Läßt Himmel und Erde in Lüsten erbeben.

Jugend

Schwer atmend. Die Bronchien wie blind.
Und alles ruft: Jugend!
Der Bach, die Erlen, September, der Wind.
Gründe, die mir entfallen sind,
Und eine für gar nichts nützliche Tugend
Haben mein Leben einvernommen …
Und soviel Licht! Ist noch zu entkommen?

Trotzdem

Über den lieblichen Wolkenspielen
Des Winterabends (wie Locken aus Licht)
Unsichtbar zwischen noch spielenden Zielen
Jagt sich die Meute, die Schallmauern bricht,
Um sich im schwindenden Ton zu entfernen …
Ihr Hallraum über der Erde ist groß.
Zwar reicht er nicht zu den erhabenen Sternen.
Doch uns läßt die lärmende Koppel nicht los.
So was soll werden. Man muß sich gewöhnen.
Und hört vorm Mond, wie Entenflug pfeift.
Und unter dem rasenden rollenden Dröhnen
Hat uns die Schwinge der Stille gestreift …
Nur so läßt sich leben. Trotzdem muß man leben.
Und Leben ist Leben und wintert sich ein.
Den dämmernden Häuptern der Wolken
  entschweben
Feuchte und Frost. Und es fängt an zu schnein.

Weiser

Ich erfahre jetzt alles, was andre erfuhren:
Verluste überwiegen Gewinn.
Rasende Zeiger an wirbelnden Uhren.
Und doch schleppt die Zeit sich ächzend dahin.

Ich erfahre jetzt alles, was alle erfahren.
Alternde Liebe wird kümmerlich.
Wird schwerer um die Schwere von Jahren.
Und auch die Söhne verlieren mich.

Ich erfahre jetzt wieder, was ich früh schon
erfahren:
Habe ich nicht als Kind schon gewußt:
Unterm Herbsthimmel stehen. Wind in den
Haaren.
Abend. Kalt leuchtets. Das ist die Lust.

Zugvögel schneiden mit zwitschernden Schwingen
Zischende Schneisen in Finsternis.
Schreie wie Weiser. Gesetzliches Singen.
Das übrige alles ist ungewiß.

Sprachlos

Habe ich nicht schon immer gewußt
Oder habe geahnt: die wirkliche Liebe
Ist ohne Sprache und bleibt ohne Zeichen.
Hat keine Geltung und muß doch begleichen.
Kennt wohl den Schmerz, doch kennt nicht die
Lust:

Die Liebe zum Kind, der Mutter zum Sohn,
Die einzige Liebe ohne Verblassen.
Doch wollte sie sehnlich in Worte sich fassen
Und sagen: ich kann meinen Sohn nicht
entbehren!
Seht ihr dies Stümpflein Licht sich verzehren?
Ihr würde nichts werden als heiterer Hohn:
Vernunft, gute Frau! Nur Mut! So gehts allen!
Und einmal muß jede Mutter verlieren,
Und dieser ist dir nur der eine von vieren,
Und noch ist nicht Krieg, und er muß noch nicht
fallen!

Gealtert um Jahre, um Jahre zerbrochen,
Viel Last liegt mir auf, und wie gehe ich
krumm!
Mein Sohn hat den eisernen Pflichteid
gesprochen,
Zu töten gelobt. Ich leide es stumm.

Atemlos (con sordino)

Ich habe keinen Atem mehr
Für jenes Wort, das einst hieß Liebe.
Von dir zu mir geht nichts mehr her.
Wir sind jetzt aneinander Diebe.
Wir stehlen uns das Leben fort,
Das liebe Leben, ach, mein Leben!
Nur einmal noch das schöne Wort
Mit Wahrheit sagen und erbeben.
Nur einmal noch im Taumel sein,
Berauscht, geblendet und gebogen,
In einer fremden Nacht allein
An einen fremden Leib gesogen
Mit diesem Übermaß von Glück
Und fühlen: es *ist*LiebeLiebe.
Dann hin und wieder gehn ein Stück
In fremder Stadt. Und Wind durchtriebe
Unter Platanen warm die Nacht.
Und weiß das Licht der Kandelaber,
Das Höhlen aus den Bäumen macht.
In dieser Nacht gibt es kein *aber* –
Wenn es nicht Liebe ist, weh mir!
Der mich umfängt, wird mich auch meinen.
Und nichts mehr zwischen mir und dir.

Tot ist die Liebe, um zu weinen.

Alter

Nun sind wieder diese halbhellen Nächte
In der Mitte des Sommers. Mich aber rührt
Nicht einmal die Erinnerung mehr
An die Verzückungen früherer Jahre,
Die südlichen Sommern entglommen sind.
Fremde Liebe jetzt, die ich hörend erfahre,
Nördlicher Sommer. Nördlicher Wind.

Landschaft

Wie schön die Birken gestreut sind ins Grün!
Die Wiese wandelt sich mählich in Wald.
Entkommt dem lässigen menschlichen Mühn,
Das den Nutzen nicht achtet.
Bergung den Kühn,
Die hier Weide noch finden, sind die Bäume zumal.
Die Rinder ziehen nächtlich durchs Tal,
Durchrauschen wie Regen die Gräser im Tau,
Und Gründunst von Nesseln entwogt wild der Au,
Gestampft von der Woge walmenden Rinds.
Gepeitscht vom Weidenbesen des Winds,
Stößt der Geruch von Pflanze und Tier
Als sengender Strom in die Milde der Nacht …
Im mondhellen Nebel da dort und hier
Ruhende Rinder, von Birken bewacht

Plötzlich

Plötzlich – nein, plötzlich geschieht es ja
nicht,
Nicht plötzlich, allmählich schwindet das Licht
In dieser Winterdämmerung.
Plötzlich, und eben war man noch jung,
Ist man alt und von der Jugend verlassen.
Doch diese Gefühle Lieben und Hassen
Nachmals wie vormals Feuer brennen …
Vielleicht wär es not, sich von allem zu
trennen,
Was gewohnt ist und ohne grünen Geruch.
Gewinn den Verlust, wär der lösende Spruch.
Fang noch einmal an, und seis für ein Jahr.
Versuch zu erinnern, wie das einst war,
Auf nichts gestellt in die Welt zu gehen
Und allem, was kommt, entgegenzusehen,
Nicht dem hinterher, was gewesen ist
Und das du mit trockenem Weinen vermißt.
Der Mond geht auf zu dieser Zeit,
Die Dämmrung leuchtet, und es schneit
Plötzlich. Nein, plötzlich schneit es nicht.
Schräg treibt schon Schnee im weißen Licht.
Frisch im Gefühle weht es hin.
Plötzlich ist Jugend und ich bin

Beschwörung

Wenn man so alt und so trüb ist wie ich
Und Brillen braucht und die Zähne tun weh,
Dann bleibt man am besten alleine mit sich
Und treibt allein durch den treibenden Schnee
Und beschwört sich Gestalten, die einen einst
  kannten,
Als man wirklich war: ein freudiges Kind,
Dem von der Frostglut die Wängelein brannten
Und Füß und Hände zerfroren sind
Beim seligen Eifern in Schneedämmerungen,
Wenn Veilchenmond überm Schnee erschien …
Und haben wir schöne Liedlein gesungen,
Als Rosenwolken im Abendlicht ziehn …
Kalt kalt wars. Eisig. Eisheilge Zeit!
Ich hab ihr Gefühl innig in mir versteckt
Und heut, da es in der Dämmrung so schneit,
Mit allen Lüsten wiedererweckt,
Und bin verwandelt, bin wieder ich.
Ich bin das Kind, das keiner mehr kennt.
Nur alle die Kindelein missen mich,
Die so wie mich die Erinnerung brennt.

Chinesisch

Der erste Tag im Neuen Jahr
Ist finster wie der letzte war
Im alten Jahr und alles bleibt
So wie es war. Die Hoffnung treibt
Ein kümmerliches blindes Blatt
Das Gruftluft vorgeatmet hat
Und ohne Farbe ist. Ungrün.
Wie soll die Hoffnung daraus blühn?

Der zweite Tag im Neuen Jahr
Ist schneelicht und ist sonnenklar.
Und auf der Buche Kupferlaub
Gefüllt mit Schnee glitzt Güldenstaub.
Und Meislein flirren durchs Geäst
Das silbern Schneestaub rieseln läßt
Gestäupt vom Vogel Züzüzün …
Heut ist das Hoffnungsblatt schon grün.

Stille

Der Novembersturm ist vorübergerüttelt,
Hat Regen geschüttet, gewütet, geknüttelt
Mit den hölzernen Läden und Eisen geklirrt.
Und ich lag wach, in Gedanken verirrt,
Die lange Nacht, und es stürzt und stürmt,
Wetter auf schmetternde Wetter getürmt ...
Und die Höhle aus Stille, in die ich mich
schmiege,
Embryorund als ein Mögliches liege,
Geborgen, als könnt ich die Augen aufschlagen,
Wenn der Sturm sich verbläst, zu nur morgenden
Tagen ...
Ach so schöne Empfindung, die so mild mich
umstreicht ...
Mitten im Sturm ward mir linde und leicht,
Als ich dachte nicht mehr und hab nur noch
gelauscht,
Wie der Regenwind stürmt und der Sturmregen
rauscht ...

So wie

Rauchblau zieht Nebel nachmittags über die Moore,
Eh er weiß wird zu Abend, ists bläulich ein Dunst.
Durchscheinend eine einzelne Geige tönt von der Empore
Vor des großen Orchesters aufrauschender Kunst.

Zuspruch. Mir

Mit kleinen Schritten, gemessen, gemessen,
Die Strecke Weges, die schwierig ist, gehn.
Das Schöne erinnern, das Schlechte vergessen
Und schweigend die Zeichen der Hoffnung verstehn.
Denn ohnedem ists nicht: die Graugänse schreien.
Im Finsteren Tausende auf ihrem Zug
Verliern das Gesetz nicht, sich schützend zu reihen.
Und führen die Hoffnung mit sich im Flug.

Täuschung

Eine leichte Umdrehung des Herzens
Im wolkigen Abend wie Möglichkeit.
Gleich ist November und kommt meine Zeit
Der Hoffnung auf etwas wie Hoffnung,
Auf Frühling wie Frühling, auf Lust wie
  Lust …
Sekundenlächeln des Mondgnoms.
Und wieder von Wolken verrußt
Ist das Gesicht, ist das Lächeln …
Und wieder glimpst es hervor
Aus Veilchenwolken. Ein Fächeln
Wärmlich täuscht Frühling vor …
Und wieder die Herzumdrehung.
Die Feder im Innern zieht an.
Es gibt eine Auferstehung.
Wenn man dran glauben kann.

September. Seele

Das Regengeräusch meine Seele.
Septemberregen sonderlich geht
Sacht grün: Ein Knistern von seidenen Flügeln,
Aus denen dennoch kein Flug entsteht.
Bei offenem Fenster, geschlossenen Auges
Nur mit dem lauschenden Sinn erlebt:
Milliarden Libellen im Garten.
Das dringt in den Schlaf und die Seele erbebt.

Ich

Schon Jahre ists her, daß ich dachte: genug.
Genug an Erfahrung, genug schon vom Leben.
Nur Wiederholungen wird es noch geben.
Genügt schon dem Menschen, was ich ertrug.

Und immer noch schüttet ein etwas auf mich
Neue Lasten zu den noch währenden alten.
Und nirgends ein Halt, um mich an ihm zu
halten,
Als dies schwindende, schwankende, stammelnde
Ich,

Das, je länger, je mehr, nicht mehr weiß, wer
es ist,
Von fremden Lebenslinien durchschnitten.
Und jeder klagt mir, was er irgend erlitten:
Unser aller Mutter, du, die du bist,

Hör uns und hilf uns und steure der Not!
Sei uns *Orakel* und laß uns dich lesen!
Und ich weiß nicht mehr, bin ich jemals gewesen
Oder fühllos, ein Balg, und war immer schon
tot

Und gewann nur in Worten den Anschein von
Leben,
Eine Puppe, mechanisch, die fühlt, was sie
spricht.
(Und fügen die Worte sich gar zum Gedicht,
Lassen selbst mich sie am Ende erbeben.)

Rot

Des Blutahorns Blätter im Mai
(Vorwurf den Rosen, die noch nicht blühen)
Schlagen die Bläue entzwei
Und lassen die Himmel erglühen.

Schmetternder Zweiklang. Gellend. C-Dur.
Das Auge allein kann den Wohllaut nicht
 fassen.
Im Tränenschlunde und stockend nur
Der Atem kann ihn hinabröcheln lassen

Ins All des Lebens. Sauerstoff Glück
Durchpulst unser Blut. Lust schlägt zurück
Und Jugend Jugend die lange vorbei …
Rotroter Ahorn im blühenden Mai.

Regen

Zärtlicher Regentag ohne Liebe.
Nur kleine Gesten der Freundlichkeit.
Dachten wir lange so lange Zeit,
Daß es für uns für immer so bliebe,
Wie es begann: Haut liebt die Haut.
Wissen wirs besser nun. Unvertraut
Ist schon das Begehren schweigend gescheut.
Rinnsal des Tages im Regen. Bereut
Sein die Stunden, die lieblos vergingen
Und daß wir uns zu selten umfingen,
Als die Liebe noch jung war und wir warn noch jung …
Zärtlicher Regen Erinnerung …

Mutter!

Seit langem, wenn ich mich abends lege,
Erhebt sich der Gedanke des Tags:
Ich bin verloren, kann mich nicht retten!
Gesteh deine Niederlage und sags!
Doch wem soll ichs sagen, etwa den Meinen?
Sie ahnen meine Verzweiflung nicht.
Ich möchte, aber ich kann nicht weinen,
Und sehne mich nach dem guten Gesicht
Einer Mutter, die mich des Lebens getröste
Und einfach sagt: wein nur, mein Kind,
Und die mich aller Zweifel erlöste,
Die, Misteln, mir verwachsen sind,
Und sagte mir: du bist nicht schlecht
Und hast nicht alles falsch gemacht …
Doch bin ich allein, und es wird mir kein Recht.
Da ist nur die lange einsame Nacht
Und endlich der Morgen zögernd und grau
Mit dem Gewirke der üblichen Pflicht.
Und ich bin nur eine alternde Frau,
Die ihr Leben lebt und versteht es nicht …

Luxus

Über den Bäumen zu wohnen
Und in die Kastanienkronen zu sehn,
Die mailich üppig in Blüte stehn
Und weiß ihre Spindeln im Morgenwind drehn,
Und Tauben durchgurren die Kronen
Der gleißenden Bäume, dunkel im Duft,
Und sphärisch erfrischt ist die Frühmorgenluft,
Und schön wird der Tag wie der Schwalbenflug,
Der schon Bögen aus Lust in die Bläue schlug,
So hoch, daß der Nachblick an Blendung
  zerbricht
Und ertrinkt im rieselnden Wasser aus Licht

A und O

Das war doch hübsch, was ich früher schrieb:
All diese lieben Lebensberichte.
Und ist mir jetzund alles zunichte.
Ich habe mehr niemand zu haben ihn lieb,
So wie ich liebte mein liebliches Kind.
Ach, daß mir alle entkommen sind,
Die Küchlein, die ich flügelnd geschützt!
Mein Verstand ist nun, was mir am wenigsten
nützt.
Er spielt und sielt sich in Lebensleere,
Während ich aber ich mich nach Liebe verzehre.
Doch woher soll sie kommen? Neu will sie mich
nicht.
Und war doch Alpha und O dem Gedicht …
Also wortlose Sonne auf grellweißer Mauer.
Projiziert, nicht getüncht, Hieroglyphen der
Trauer.

V

Nun da mir alles sprachlos wird.
Die Welt mit mir nur stumm verkehrt.
Der hohe Himmel unversehrt.
Nur dann und wann von Licht durchflirrt,
Durchschnitten von zwei Möwenschwingen,
Von denen Licht spritzt wie von Klingen:
Zum V gebogenes Skalpell.
Der hohe Morgen ist so hell!
Mein stummer Tierblick saugt ihn ein.
Wiegengefühl. Anfang von Sein.

Leben

Gib, Gib!
Sprache, du Sphinx, spei die Worte aus!
Rätselnd und dunkel. Dämonenworte.
Spiegelnd und glatt. Eisgischtend kraus
Aus felsiger Quelle. Laß stürzen, laß brennen!
Wenn Worte wollen, brennt auch das Eis.
Laß mich in Worten die Wahrheit erkennen,
Die meine Seele lange schon weiß:
Das Leben ist diese Alte in Sorgen,
Die einsam am Platz in der Sonne saß.
Den Kopf in die Hände gestützt, das Antlitz
verborgen.
Ob sie erinnerte oder vergaß –
Es war eine Trauer, war herzzerreißend.
Die Sonne begleißte ihr steinweißes Haar.
Und um sie lustvolle Kindelein kreisend,
Berauscht vom Tag, der schon Abend war.
Fremde Kinder, die die einsame Alte nicht
sahen.
Und sie sah die leuchtenden Kinder nicht.
Beginn und Vergehn, die geschieden geschahen.
Und waren doch eins im glorreichen Licht.

Grün

Für Hermann Kant

Du liebes Grün, Brennesselgrün.
Die Nesseln grün am schwülen Tag,
Wuchernd wie sie den Weg umblühn,
Der hinterm alten Friedhof lag ...
Links seine rote Backsteinmauer
Und rechts der schwarze Plankenzaun
Des Siechenstifts. Da hauste Trauer:
Ärmliche graue Witwenfraun.
Und schwarze Schnecken auf dem Wege.
Und Schöllkraut blühte schwefelicht.
Und von Holunder ein Gehege,
In das sich blauer Flieder flicht.
Und das Geheimnis Einsamkeit:
So klein und da allein zu gehn.
Und eine lange kurze Zeit
Allein in all dem Grün zu stehn.
Hoch überwölbt. Am Grund des Schlunds.
Der schmale Weg schloß oben zu.
Das war der Tag des ersten Bunds:
Ich und die Welt auf du und du
Im grünen Arm der Einsamkeit,
Vom Nesselatem angehaucht.
Am Wegesausgang stand die Zeit.
Das Kind ist anders aufgetaucht,
Als da es einging unbewußt
Ziellos und spielend diesen Gang ...
Groß war die Angst und groß die Lust.
Einmal. Und dann ein Leben lang.

Jetzt

Sommernächte, die sinnlos vergehn,
Neutrale Nächte ohne Geschlecht.
Ich sehe die Stille vorm Fenster stehn,
Gelehnt an das wilde Fliedergeflecht,
Des Dunkel gegen die Dämmernis ragt,
Und warte schlaflos, daß es bald tagt,
Um matt den sinnlosen Tag zu
    durchschleichen …
So, also jetzt: die Gefühle verbleichen.

Zimbal

Einöde in mir und um mich ein Meer
Von Traurigkeit um das verlorne Bemühen
(Um dich, den ich liebte), und Märzblumen
blühen,
Und alle die Vögel kommen daher,
Die den Frühling begrünen. Vorzüglich die
Finken.
Um nicht im Ödmeer in mir zu versinken,
Bin ich ganz Ohr und nach außen gewandt.
Eine Regenwolke hängt über dem Land,
Die die Finken mit silbernen Zimbeln
durchklingen.
Wies so klingt, scheints plötzmöglich, mir
wieder zu singen
Und aufzuerstehen und hin zu wandeln
Und gegen die Ödnis und Trauer zu handeln
Als Mensch mit Willen im Unglück gefeit …
Die Spechte schlegeln: hochhohe Zeit.

Lied

Alternd. Beraubt. Der Hoffnung auf Glück.
Gezogen der Sohn. Ich blieb zurück.

Sprachlos. Verstummt. Mehr kein Gegenstand,
Dem innerst ein Sehnen mich sehnlich verband,

Sehne, die macht, daß es bebt im Gedicht …
So bete ich an das gesegnete Licht

Des Schneetages, der gen Abend sich senkt,
Und denke nichts mehr, weil sich nichts nicht
mehr denkt,

Und mache mich frei von der Suche nach Sinn
Und der nach Glück und nehme es hin,

Daß ich alt bin und einsam und nichts mehr
geschieht …
Denn alles, was kommt, kommt nur noch im
Lied

Gewißheit

Oktobergold der Birken – wie immer.
Das Rauschgold der Blätter noch unversehrt.
Im grauen Abend ihr Sonnengeflimmer
Gegen die Frage: ob wiederkehrt
Der Frühling noch einmal, noch einmal für
mich?
Ich fühl mich so bleich, daß der Tod mir
erscheint,
Und Leben wird mir erinnerlich,
Als hätte schon jemand um mich geweint ...
So ist es der Herbst oder ist es das Ende?
Und wenn ich es wüßte, was würde ich tun?
Zu spät für die immer erwartete Wende,
Ließe den Irrtum auf sich beruhn
Oder versuchte herumzureißen
In letzter Minute das Leben und schrie,
Gebärend den Tod unter tödlichem Kreißen,
Die Wahrheit heraus, die mir keiner verzieh?
Oktobergold der Birken wie immer.
Das Blattgold der Blätter rein unversehrt.
Im traurigen Abend der tröstliche Schimmer
Gewißheit lenzlich, daß wiederkehrt

Verging

Der schöne Augustmond scheint herein.
Nun wird der August bald zu Ende sein.
Vertan das Jahr, das schöne Jahr
Vertan mit Abwehr von Lebensgefahr.
Alle Blumen vergeblich, die Liebe verging,
Der Mond bescheint mich, ein anderes Ding,
Ohne Seele, ohne Stimme, die Sinne nur wach:
Das Zimmer, das Fenster, der Mond – aber ach

Zehn Jahre

Ein Abend wie dieser – war wohl vor *Äonen* –
Was war ich mit fünfundvierzig noch jung!
Da hatte ich leuchtende Lebensvisionen
Im dunklen Winter der Schneedämmerung.

Das war nach vorn projiziert: sollte kommen.
Eine Liebe, ein Leben, etwas fängt an.
Und ward ohne Anfang von mir genommen.
Doch blieb das Licht der Erinnrung daran.

Schlaf

Winter wie ehmals wie ehemals Winter.
Stille so tief wie die Einsamkeit tief.
Erinnrung ist nichts mehr. Ich bin ohne Bilder.
Schlaf tiefer Schlaf, den ich traumlos
verschlief.

Vorm Fenster verdämmernde Schneeluft im
Zwielicht.
Starr starrt der Bäume Ast und Geäst.
Nichts regt sich. Nichts rührt mich. Wie wenn
mich das Leben
Für immer im Weißnicht der Starre beläßt.

Vielleicht aber wird mir die Gnade zu lieben
Und Grünes zu fühlen noch einmal zurück.
Ich will nicht erinnern. Was war, ist gewesen.
Ich flehe ich flehe um künftiges Glück.

März in Wahrheit

Alle Schneisen sind mit Blau ausgegossen.
Der März ist hellblau. Hellblau nicht grün.
Das Kieferngrün ist von Lichtblau umflossen,
In dem, gegens Licht, Lichtstäublein sprühn
Von fliegendem Leben, Mücklein, die schweben
Im okeanisch wogenden Blau.
Allgierig sich erneuerndes Leben
Umbalzt auch mich, die zaudernde Frau.

Eins

Liebe – das war diese blaue Wolke,
Aus der am Abend die Amsel sang.
Ich hab es gehabt. Bewahr in mir Liebe.
Auch wenn der Sang der Amsel verklang.

Nun malt die Erinnerung Kehllaut und Bläue
Innen in mir, wo es Nacht ist und brennt,
Steigende Woge, stürzende Wolke,
Eines in eines, das keiner mehr trennt.

Sandel

Dämmerung Abend Schnee Ende März.
Zwielicht im Zimmer Grippe der Drittag.
(Lesung in Prenzlau dort zugezogen.
Schaustellerte daß sich die Bretter bogen.
Bühne jetzt schmerzt das ehrlose Herz.)
Schneeschwaden draußen Rauchschwaden
drinnen.
Sandelholzkerzen zwei Pfennig das Stück.
India Rauch der Rausch kann beginnen.
Dämmerung Fieber Schneestille Glück.

O diese Bilder! Bilder von wann.
Erst noch im Werden? Schon schon vergangen.
Liebe sieh mich so feindlich nicht an.
Habe dir innig und treu angehangen,
Daß du mich so verstoßen nicht wollest
Und vor der Zeit erstarren nicht lassen.
Rauchwölklein Liebe wenn du es mir zolltest
Wollt ich dir duftend in Ruhmworte fassen.
Gib mir gib mir gib mir ein Glück.
Dämmerung Schneestille Einsamkeit Fieber.
Sandelholzduft sinkt ins Glutherz zurück.
Einmal noch sagen Liebster mein Lieber.

Traum

Ich träume Liebe. Liebe träumt nicht mich.
Niemandes Liebe träumt von mir.
Im Traum lehnt Leib an Leib. Das heiße Tier,
Die Lust, erwacht und schlängelt sich
Zu jenem Unerkannten hin.
Und Freude leidend weint die Seele,
Weil er er fühlt, daß ich es bin
Und daß ich ihm seit immer fehle.
Und solche Seligkeit ist das!
So stark war Liebe nie im Leben.
Und doch gewußt, es muß sie geben:
Liebe so abgrundtief wie Haß.

Und nun da alles nicht mehr wird
Und mich nur noch im Traum beirrt.

Beben

Die Zeit der nackten
Tatsachen ist gekommen.
Liebe stirbt ab. Eins nach dem andern
Wird von mir genommen.
Von ferne wogt Liebe heran:
Leser schreiben mir zärtliche Worte.
Aber an meinem häuslichen Orte,
Der einstigen Heimstatt mit Söhnen und Mann,
Schlägt Kälte aus, Nebel und Dunst.
Ich verlerne die einfache Lebenskunst,
Mich meinen Nächsten auszusprechen.
(Der Damm des Schweigens droht stündlich zu
brechen.)
Die in mir kreisende Bitterkeit,
Das Todesgefühl befristeter Zeit.
Mit Todesgewißheit Suppe zu kochen!
Und Tage und Tage, Wochen und Wochen,
Jahre und Jahre Männern zu dienen
Um Lohn ihrer kindlichen Dankbarkeitsmienen!
Ich kann es nicht mehr, ich will es nicht mehr
Und verwandle mich in ein Ungeheuer.
Entschlossen, im Herde zu löschen das Feuer,
Sitz ich, als wäre nichts, neben ihnen.
Ich wirke nur mürrisch, verschlossen und alt.
Denn in mir bebt es: wartet nur, bald

Schlaflos

Die schlaflosen Nächte sind mir gegeben,
Um mein eigenes *heiliges* Leben zu leben,
Mein Sternenleben der Einsamkeit.
(Kein Plappern und Klappern im Mahlwerk der
Zeit.)
Nächte der Stille, um gründlich zu denken
Und die Sonde ins Innre der Bildwelt zu senken,
Die, unbeleuchtet, als Mond in mir kreist
Und mein Fühlen mit Unlust und Unruhe
speist ...
In schlaflosen Nächten erinnre ich mich,
Und Tote stehn auf und beleben sich
Und wandeln mit mir in der Jugendluft.
Und einer küßt mich beim Lindenduft
Unterm Blätterrauschen, wenn Abendwind weht,
Wo schwarzes Wasser in Wallgräben steht.
Und Krieg ist und ängstliche Lebenslust.
Und vorm Tod küßt er mich zwischen Hals und
Brust
(Mehr zum Hals hin). Jung duftet sein
nächtliches Haar.
Als er stirbt, ist der Knabe grad siebzehn Jahr.
Nun laß ich ihn nächtlich auferstehen
Und lasse ihn hin und widergehen
In mir. Das weiß ich erst jetzt:
Er hat mich für immer mit Liebe verletzt.
Nie wieder hab ich geliebt wie als Kind,
Nie mehr so beseligt, sinnlich und blind
Geantwortet wie des Knaben Begehren.
Vielleicht wars auch, um den Tod abzuwehren,

Der bleich im Baumschatten neben uns stand.
Am östlichen Himmel lohte schon Brand,
Als der Junge davonging. O Bitternis!
Zerrissen die Jugend. Unheilbarer Riß.
Von diesem Tod bin ich niemals genesen.
Und Leben ist nur ersatzweis gewesen.
Der Knabe war der Musik geboren.
Mit ihm hat die Welt ihre Stimme verloren
Und ich den Einklang von Haut und Haar.
Und innen in mir ist er immer noch wahr.
Und die schlaflosen Nächte sind mir gegeben,
Um mein eignes und sein Leben zu leben,
Ein Leben lichter Möglichkeit.

Das kennt nicht Vergängnis und weiß nichts
von Zeit.

Hochmut

Den großen Grünspecht hör ich schrein.
Der Grünspecht ruft für mich allein.
Mir gilt des großen Grünspechts Rufen.
Für mich schlägt er die Trommelstufen
Des hohlen Baumes. Weib Weib Weib
Hin gellt sein Ruf über das Tal.
Dann wieder die gebannte Zahl
Der Schläge aus gestähltem Leib.
So Hall und Schlag und Schlag und Hall.
Weh mir! Des Frühlings Überfall.
Und Hall und Hall. Weib Weib Weib Weib.
Und Schlag und Schlag. Grün grün mein Leib
In dieses alten Winters Welt.

Daß Liebe wieder Farb erhält?

Poesie. Sie

Immer bleibt der Einlaß geheim
Zu diesem dunklen verwunschenen Garten,
In dem mich Worte der Stille erwarten:
Kräutlein, die süß sind von Honigseim,
Und Nesselworte mit sengendem Duft.
Wie sehn ich mich nach der betäubenden Luft
Jenes Gartens, der sich verschließt und
entschwindet
Bei jeder Bewegung, die gegen mich geht,
Und den außer mir kein anderer findet,
Weil er nur in mir und selten entsteht
Jäh als ein Duftstoß alles verschlingend:
Leben das bitter war, heillose Zeit …
Wieder ist Morgen! Ich breche singend
Tränendes Herz und weiß nichts von Leid.

Mitternachtssee

Eine wiegt die andre Woge,
Und ein Herbes bindet beide
Und durchweht die Uferweide
Überm dunklen Wurzelsoge.

Ach wie silbern es da säuselt,
Ach es ist ein Mondeswehen
In dem Wasser, das sich kräuselt –
Aber keiner hats gesehen

Morgensee

So viel weiße Seerosen wie dieses Jahr
Hat der Waldsee noch niemals gesehen.
In der blühenden Brandung ein Wildentenpaar
Zu hören ist nicht zu sehen
Im schäumenden Weiß. Der Sommer querrt
Eintönig mit ihren Stimmen.
Der Tag ist schon früh so von Hitze verzerrt,
Daß nur hilft: ins Wasser und schwimmen
Durchs Rosengeschlinge, die Todesgefahr
Unsrer ängstlichen Kindheit: es reißt euch
  hinab!
Ich treibe im Kühlen kühl Sonne im Haar …
Wie schön, wenn es jetzt wär, von Rosen dies
  Grab

Espenwind

Der Espenwind, der heute weht,
Klirrt in den Erlenwipfeln,
Wie wenn er gegen Weißblech geht.
Der See kirrlt auf den Gipfeln
Des Schattenbergs, der mittsees treibt,
Vom Saum der Bäume ausgelegt.
Wie treidelnd auch die Welle reibt,
Der Schattenberg bleibt unbewegt,
Den kühl das schräge Morgenlicht
Weit in den See geworfen hat
Bis, wo er sich der Bucht entflicht,
Der Düsternis von Busch und Blatt …
So wie vorm Abendhorizont
Schattenschwarz starrt der Berg aus Schnee,
Steht scharf vom Morgenlicht besonnt,
Der Waldberg schattenschwarz im See,
Umflirrt vom weißen Espenwind,
Der in den Erlen klirrend treibt …
Ach, wenn der Tag so frisch beginnt,
Mag sein, daß er auch freudig bleibt …

Die Ältere an die Jüngere

Was heißt schon allein? Nichtallein sind wir
nur,
Wenn Sinnenliebe uns zweisam macht …
Miteinanderleben am Tag nach der Schnur,
Auseinandergehen zum Schlafe vor Nacht,
Heißt einsam sein. Jetzt weißt du Bescheid,
Mein liebes Kind, und kannst es dir sagen:
Du siehst auf andere Paare mit Neid
Und bespähst ihr Gebaren mit heimlichen Fragen
Und siehst ihnen ab, ob sie zweisam sind,
Mit Lust beinander zur einigen Nacht …
Jetzt gibts für dich Männer, die machen dich
blind.
Doch nimm vor ihnen dein Leben in acht,
Denn Einsicht der Einsamkeit macht dich auch
frei,
Und Freiheit ist jetzt dein wichtigstes Gut …
Schrei ihn nach innen, den Einsamkeitsschrei.
Unter Wortasche birg die sinnliche Glut.

Die Verweigerung von Paris

Einsam wie ein Tintenfisch, der an Land ging,
durchschwamm ich Paris,
Durchschwamm ich die Straßen beim Platz
Odéon.
Schwell-Leib, von Wolken blau walmend
umflossen.
Niemand sieht mich, niemand hört mich, ich
schwimme davon
Zu Den Vier Winden. Aux quatre vents ...
Da war eine Gasse, die träumend so hieß.
Ich hatte den ganzen Tag nichts genossen.
Und das im *Mekka der Esser* Paris!
Ich sah mir die anderen Meertiere an,
Die nicht wie ich die Straßen durchschwammen.
Sie lagen vor *Speisen* auf Tischen zusammen.
Beinchen und Scherchen und Schalen wie
Flammen,
Scharlach der Tiefe, den Glühlicht wundstieß.
Ihre herrischen maîtres in fußlangen Schürzen –
Ich fühle das alles mit wehen Tentakeln –
Die Langeweile mit Spottreden würzen
Und mich wandelnde Fischfrau mit Worten
bemakeln,
Wie ich schwimme vorbei, kann ein Landfisch
denn schwimmen ...
Doch es muß nicht alles in *dem* Sinne stimmen
Wie das *Ein*maleins stimmt und die
Grenzkontrolle,
Bei der ich zweihundert Franken einzolle
Als Sicherheitsgeld und zurückzubringen

In das jetzt ach so ferne und finstre Berlin,
In das mich all meine Ängste hinziehn,
Denn *da* bin ich sicher, *da* weiß ich Bescheid,
Da gehn andre Uhren, da ist andre Zeit
Und ich bin kein Tintenfisch, alltäglich Frau,
Im Mantel aus Kordsamt, füllig schwarzblau,
Auf dem Wege von – nach und nicht ungewiß,
Und der Magen schreit nicht mit schrillem
  Gebiß,
Ich soll in die griechische Küche reingehen,
In der natürlich nur Männer rumstehen,
Und soll um Auberginenreis bitten …
Wie hätte ich unter den Blicken gelitten!
Viel mehr als vorbei an dem backheißen Duft:
Auberginen und Knoblauch, Hammelfleisch …
  Luft
Von Paris! Erster Abend in der *verheißenen* Stadt,
In der man mich Tintenfisch ausgesetzt hat.
Lonely. So einsam. *Seule pour moi.*
Rue Saint Sulpice jetzt. Rue Vaugirard.
Ich schwimme und schwimme. Da der *Jardin* …
Ich werde ihn morgen im Sonnenlicht sehen
Und, daß ich vor Sehnsucht nach Liebe
  verbrenn,
Vor der Fontäne der Medici stehen …
Doch jetzt ist Abend und wieder die Schlucht
Der Straßen hinter dem Platz Odéon.
Ich kreise im Bann des Hotels Michelet,
Der Octopus schlafgleitet so durch die See
Zu seiner Höhle im leuchtenden Meer,
Da kann er in seine Dunkelheit tauchen
Und aus dem Finstern ins Lichtere her
Mit trüben Blicken die Speisen behauchen,
Die visavis in der Glasvitrine

Méditerranée die Reichen verspeisen,
Ich hätte dazu sowieso nicht die Miene,
Und man sagte mir was, zur Warnung, von
Preisen!
Doch brauch ich kein Geld, kann kostenlos
trinken
Aus dem Wasserhahn, der Fisch ist im Meer …
Erst nach Tagen erfahr ich, das Wasser ist
schwer
Von Chlor und von Stoffen, die sinken.
In Paris kauft man Wasser in Trinkflaschen
ein …
Ich hab mich vergiftet in Mark und in Bein,
Nein, den Fangarmen, die die Straßen
durchschwebten
Und saugten mich an die Dinge, die lebten
An mir vorbei, mit tastenden Sinnen.
Wie war ich bereit, mit Paris zu beginnen!
Doch es wollte mich nicht, es verweigert sich
mir.
Ich schwimm durch die Nacht als Rätsel, das
Tier …

x

Nun endlich hab ich das Maul aufgemacht
Und habe Worte ausgespien
In einer langen berlinischen Nacht,
In der durchs Zimmer Lichtschatten ziehn
Vom *Neon*, das die Allee überleuchtet.
Mein Zimmer im dritten Stockwerk ist licht,
Die Straße schwärzlich von Schneeschlamm
befeuchtet,
Und Autos zischen durch mein Gedicht

Nachts um drei, das Zimmer ist wüst überheizt,
Und ich kann nicht schlafen, erinnre Paris,
Das mit Verweigrung mich kränkte und reizt,
Weils meine Liebe als Stiefkind verstieß.
Es ließ mich nicht ein, verschloß mir die Tür –
Und bin doch durch seine Straßen gegangen ...
Der Abend des Tintenfischs trist, ach dafür
Hat der Morgen danach mit Glück angefangen ...
Ich ging in den Park. Jardin Luxembourg.
Leibhaftig bin ich in ihm gewesen!
Ich hatte mir über Jahre die Spur
Der in ihm wandelnden Dichter erlesen.
Etwas wie Weihe schien sie zu umfahn,
Wenn sie weilend unter den Bäumen da gingen.
Kastanien und Ahorn, die Rilke schon sahn,
Platanen, die säuselnd Gedanken auffingen,
Die, metrisch gemurmelt, lüftean stiegen:
Panther, Flamingo, Torso Apoll
Und dieser schmetternde Schlußsatz vom Siegen,
Den keiner von uns je erreichen wird/soll,
Geschweige obsiegen und doch: *überstehn* ...
Ich habe mit eigenen Augen gesehn
Und Frieden gefühlt für zwei Vormittags-
stunden.
(Satt von *croissants* und *café au lait.*
Ich hatte die Nische beim Eingang gefunden,
Wo man Frühstück serviert im Hotel Michelet.
Und da schon begann das Augenblicksglück,
Das Freiheitsgefühl, und die Sonne schien,
Ich aß und sah weder vor noch zurück
Und ließ mich ins Frische des Frühmorgens
ziehn)
Nun schreite ich fühlend durch die Alleen,
Durchglüht vom Glanz noch sommernder Beete,

Geranien und Dahlien. Und meterhoch stehn
Zwischen den Farben verschiedener Röte
Leberbalsamgebüsche aus Blau,
Lavendelblau blühn sie bei uns auch zu Haus,
Doch sind sie nur fußhoch, ihr Kraut ist
grüngrau,
Hier blühen sie über die Dahlien hinaus,
Den Taglilien nah, die das Beet überschweben,
Rosaweiß, filigran, das bäurische Beet,
Pflanzenflamingos, die nur noch nicht leben,
Doch weiß man, wie lang der Flamingo starr
steht …
Schrieb das nicht der Dichter, der vor mir
hier ging,
Der kleine Herr R. mit dem slawischen Bart,
Der all sein Leben mit Worten einfing,
Durchdrungen vom Seinen, Herkunft und Art.
Und nie ging die Würde des Sinns ihm verloren,
Auch Einsamkeit war als Pflicht zu bestehn,
Und Ungeheuer, die sie ihm geboren,
Ließ er als Menschen im *Malte* umgehn.
Er entzog sich niemals, er überstand.
Sein Tod kämpfte blutsaugend gegen ihn.
Sein eigener Tod, gemalt an die Wand,
In Versen gewünscht, im *Malte* geschrien
Aus des Kammerherren gedunsenem Leib …
Er hat auch dem Tode nicht nachgegeben,
Nicht Lindrung gesucht. »So ist es, so schreib!«
Nicht: eins ist der Tod, das andre das Leben,
Eines sind beide, und Leben ist gut,
Wenn Wahrheit bezeugt wird: »Was mir jetzt
geschieht!«
Und noch dem entfärbten, fast farblosen Blut
Kräfte entziehen fürs Ende vom Lied …

Und es war Frieden, so zu gedenken …
Nach der Wandrung saß ich im Mittagsglast
Zwischen Einheimischen, die sich in sich
versenken,
Ende Oktober ein Sommertag fast,
Und auf dem Becken der großen Fontäne
Ein kreisendes Segel, von Kindern vergessen,
Eine Ente aus Kunststoff, nicht königlich
Schwäne,
Wie der Garten sie sicher vorzeiten besessen.
Doch Tauben sind da, ihre Allgegenwart,
(Hunderttausende auf der Fabrik Pompidou),
Und Kindlein flattern nach Allkinderart
Den Vögeln nach und greiffassen zu,
Wenn die Tauben nickpicken. Sie büßen die Lust
Und stürzen aufs kleine bestürzte Gesicht.
Drei Schritt entfernt mit kupferner Brust
Kollert der Täuber im bronzenen Licht …
Und immer noch eine, noch eine Minute,
Noch nicht gehn, noch nicht gehn, das kommt
nicht zurück.
Meine Krankheit, an der ich innerlich blute,
Zu spät jetzt, zu spät, jetzt: der Schmerz ist
das Glück.
Keine Liebe mehr kommt mir, ich bin ja schon
alt.
Und so ist es gut, in der Sonne zu sitzen.
An diesem Ort, dessen Nam und Gewalt
Unter dem Sichtbaren magisch aufblitzen,
Wie sie mich trafen, als ich sie gelesen …
Ich atme die Luft, und die Bilder gehn ein,
Die Frühere fanden: für immer gewesen.
Jetzt wird der Garten für immer so sein,
Wie ich ihn seh: als den einfachen Frieden

Eines Sommermittags, den ich hier fand,
Von allem und jedem durch Fremde geschieden,
In meiner Seele, dem eigenen Land.
Der letzte Gang zu der leisen Fontäne.
Unter Platanen der Graben aus Licht,
Zu dem das Geflüster der träufenden Träne
Stufe um Stufe stimmloser spricht ...
Vollkommen ist da der Himmel gespiegelt,
Bäume, Wolken, der steinerne Kai,
Taube, wie sie zur Tränke hinflügelt,
Nur ein Student, der liest, sitzt nahbei
Und hat den Schuh auf das Gitter gehoben,
Die Sohle des Schuhs ist im Wasser zu sehn
Neben den Fischen, die sonnegehoben,
Rot und golden im Wärmeren stehn.
Über ihnen ein Blättertreiben,
Gelb von Platanen, Ahornblatt braun.
Stille, Stille, zu bleiben, zu bleiben ...
Gehen zu gehn. Das Tor schon. Der Zaun

Sprache

Die Gnade kommt wieder. Das Wort kehrt
zurück.
So groß sprech ich von mir: Erzwort der Väter
Gnade und Segen. Kein Luftwort wie Glück ...
Ich war in der Stummheit Verbrecher und Täter
Übelster Übel. Selbsthaß ist Sünde
Und brütet die übrigen Übel mit aus:
Gleichgültig Brechen der menschlichen Bünde
Ohne Vertrauen zu Heimat und Haus ...
Ausgesetzt auf die treibenden Eise
Meiner Sprachlosigkeit war ich zeitlos so lang.
Polwärts gerichtet ins Nichts ging die Reise.
Kein Vogel mehr war, der über mir sang,
Nicht die Schneeammer sang, nicht der
Regenpfeifer,
Der die nördlichsten Lüfte glühend durchtönt.
Nun stößt das Wort als Adler als Greifer
Gnade auf mich herab und versöhnt
Mich mit mir. Zwar die Zunge zerbissen,
Und Blut entquillt dem eröffneten Schlund,
Doch der Knebel ist wieder der Kehle entrissen,
Und Liebe flüstert im Frosthauch der Mund.
Und südliche Winde erblühn von dem Worte,
Und sommerlich wehen Düfte mich an,
Entzaubert erwach ich, erlöst von dem Orte,
An dem meine Irrfahrt ins Eisland begann.
Mit einer Freiheit, im Grauen errungen,
Bin ich in mir und von mir befreit.
Ich habe den tödlichen Selbsthaß bezwungen.
Und Gnade kehrt wieder, das Wort und die Zeit.

Friede

Es goldet sich der Himmel wieder
Mit diesem Winterabendgold.
(Durchscheinend bleich.) Gehn Wetter nieder,
Schnee Kälte Wind, zur Nacht unhold

Oder ergreift der Mond der volle
Das Zepter und fleußt Frieden aus?
Aber das Wetter sei, wies wolle.
Wenn Friede ist in unserm Haus.

Inhalt